Amazing《アメイジング》 Night《ナイト》

娘が教えてくれた520人の想い

十三夜
Jusanya

文芸社

はじめに

この本を世に出すにあたり、もし傷つく人がいたら申し訳ないと思いながら、悩んだ末に出版することとしました。

二〇二一年の十二月に突然娘を亡くしました。娘がなぜ早逝しなければいけなかったのか、大きな疑問でした。人は運命という糸によって操られ、またはろうそくの灯が輝いているまでの寿命として生き永らえているというのであれば、一人ひとりの人生を誰かが決めているのかもしれません。佳人薄命といいますが、名を残した人ならともかく、名もなく散ってゆく人たちの運命の証はどうなるのでしょう。彼らを思いやってあげられるのは、遺族以外にはありません。

人の世の真相はいつも不確実です。なぜなら生きているが故の忖度がうまれるからです。彼らに代わってそれを語り継ぎ、風化させないようにすることが、遺された者の役目なのかもしれません。次世代への伝承なくして、早逝は報われません。

二〇一七年頃に娘の言った一言、「お父さんの写真に変なものが写っている」をきっかけに、私はオーブ（玉響現象）について調べるようになりました。コロナウイルス禍の中でやり残したことはないかと自問した時、御巣鷹の日航機墜落事故を思い出し、妻と一緒に慰霊登山をすることにしました。

娘に言われてから、写真にオーブが写ることは分かっていましたが、慰霊碑の前で撮った写真からは彼らの存在がよく分かりませんでした。しかし家に帰り動画を見た時、無数のオーブが見えました。その衝撃は、あまりにもリアルで、「生きている」という以外にたとえようもないものでした。

その年の暮れ、娘が寒さで体調を崩し亡くなりました。娘が亡くなって初めて、この動画の意味に悩まされました。もしかして娘はこの動画のために生まれ、死んでいったとしたならあまりにも悲しい一生だと思いました。

この動画を自分で撮って言うのも何ですが、動画の意図するところやその目的は分かりません。しかし公知にしておかなければ私の人生に悔いが残ると思い、文芸社様を通じ出版することとしました。ご一読いただければ幸いです。

もくじ

オーブ―現象と探究―

死後の世界はあるの？

また一人、友人のお父さんが亡くなりました。定めとはいえ、思い出と共に虚しさがこみ上げてきます。

人は生まれてこなければ、死ぬことはありません。死ぬことが分かっていても、生まれた以上人生を全うするしかないのです。何のために生まれ、何のために死んでゆくのか、永遠の課題は生き続ける――。

病人は生きたいという願望と諦めという恐怖との間で鬩《せめ》ぎあっています。そんな時、ベッドの上でふと「死んだらどうなるのだろう」と死後の世界を考えます。

人は生きている限り、自分の意志で死を操ることはできません。生きたいという願望がある限り、死を納得させることもできないのです。人は死ぬまで、この問題から逃れることはできません。生きることをやめ、自ら死ぬこともできます。しかしいずれ死ぬのが分かっていて、自ら死ぬこともないでしょう。また望んだとしても、そう死ねるものでもないでしょう。死後の世界がもし分かったなら、死ぬ人が増えるのでしょうか。それとも減るのでしょうか。歩いていてばったり死ぬとか、または眠りの中で目を覚まさないとか、そんなメルヘンチックな死を望んでいる人も少なくないでしょう。しかしいつ呼吸が止まり死んでゆくのか、それは誰にも分かりません。しかし安楽に死んでゆきたいと願うのは、人間の永遠の望みなのかもしれません。

私の友人にタバコをキザに吸うナイスガイがいました。しかし彼も五十九歳でこの世を去りました。彼を見舞いに行った時、痩せこけて別人のようになっていました。以前、彼に「タバコは身体に害だからやめたほうがよい」と諭したのですが、その忠告は彼の習慣には勝てませんでした。タバコという煩悩は、頭の中で分かっていても、逃れられない麻薬のようなものなのかもしれません。

もう一人の友人は、私に「お前が吸ったら明日からタバコをやめる」と言いました。それならばと一本吸ったことがあります。しかし二、三日後には、もう彼は吸っていました。それからタバコ吸いの「やめる」という約束は、信用しないことにしたのです。彼もまた肺癌で亡くなったことをハガキで知りました。私の周りの愛煙家たちは、六十歳前後で亡くなってゆく人が多いのです。タバコは死と引き換えにするほどの価値があるのでしょうか。彼らは死に直面しても最後の一本を吸いたがる、人間の弱さなのでしょうか。彼らがもがき苦しみながら死んでゆく、その先には何があるのでしょう。生きたいと願っても、生きられない人がいるというのに、ましてや気を付けていればもっと長く生きられたはずなのに、自らの人生を嗜好に蝕まれてしまう、その性根は変えることができないのでしょうか。自分で煩悩をコントロールしながら、できるだけ楽しく生きなければ、何のための一生でしょう。

なぜ人は死ぬの？

私が死というものを最初に知ったのは、父親の儚い哀れな死によってでした。父は私が小学六年の頃に脳卒中で亡くなりました。四十八歳でした。

小さい頃の父の思い出はあまりないのですが、寡黙でニコニコしていて優しかったのを覚えています。自転車で会社に行き、仕事帰りは馴染みの酒屋で馴染みの仲間と立ち飲みをし、談笑して自転車に乗って帰ってくる、そんな生活をしていました。戦地から帰ってきて、少ない楽しみの中の唯一の楽しみだったと思います。母に文句を言われながらも、その習慣は続いていました。

私は父親が戦争から帰ってきてからできた子供で、兄姉たちとは年が離れていました。

あの日、父はいつものように帰ってきたのですが、運悪く家の前の側溝に誤って自転車ごと落ちてしまいました。引き上げてからお医者さんも来てくれたのですが、父は動くことも話すこともできず、介護の甲斐もなくあっけなく死んでしまいました。兄と私は十歳離れていて、兄はすでに家計を助けていましたので、母がめそめそしているところをあまり見たことはありませんでした。もしかして、私の知らないところで内職仕事をしながら泣いていたのかもしれません。私には母や兄姉がいたので、父の死で友達との違いをそんなに意識することはありませんでした。しかし時が経つにつれて、父親がいないということは、何かが一本足りないのだということが分かってきました。病で寝ていた父はどんな気持ちで死と向き合っていたのでしょうか、自分の身体を自由に動かすこともできず、見舞いにきてくれた親類縁者が分かっているのに挨拶もできず、ただ寝ているだけ。みじめだったに違いありません。そんな苦しみの中で、自分に対する後悔もあったでしょう。ああしておけばよかったとか、なぜこうなったのか、などと色々考えたに違いありません。小学生の私は死が何なのかよく分かりませんでした。

お墓に納骨され、お坊さんにお経をあげていただいて、人の死はそれで終わりだと思っていました。しかし本当はそれで終わりではなかったんですね。

それを娘の一言から知りました。

なぜオーブは写るの？

二〇一七年頃、子供たち三人も自立し、妻と二人で夕食を取っていた時、妻が変なことを言い出しました。お父さんの写真に変なものが写っていると言うのです。変なものとは何かよく話を聞くと、西洋ではオーブと言われる、日本では玉響現象と呼ばれるものでした。

どうも長女が私のカメラから見つけた写真に写っていたようで、目が悪くなってきている私には、ゴミかキズが付いたようにしか見えません。拡大して観察してみると、それは丸い埃の塊のようで、中に何かの生命体が宿っているように見えました。なぜこんなものが写るのだろうと考えましたが、すぐには答えが見つかりません。

そこで答えを見つけるために、誰でも考えつくだろうことを実行しました。それは昼も夜も関係なくどこでも写真を撮ってみることです。デジカメで撮ったので何枚も撮ることができ、確認もすぐできました。幾らかパソコンが使えたので、知恵を絞りネットの情報も取り入れました。そして何が同じで何が違うのか、色々比較してみました。ネットでは、写真の中にオーブが写っていて、それに対して心配して問いかけている人、心霊現象として怖がる人、原因を知りたいといった人など、反応は様々でした。見えないものへの恐怖なのでしょうか。私の中でもそれが何なのか、なぜ写るのか疑問が頭の中を駆け巡りました。

さらにネットでは、粉塵や水滴など自然現象であるとの説明や、色によっての占いも書かれてありました。占いはオーブの存在を肯定している人の発想だろうと思われました。しかしそれは写真に一瞬写ったものだけで占うもので、一日に何枚も撮り、何枚も色の違うものが撮れるとなると、その考えは違ってくるのではないかと思いました。誰がどんな基準でこのような占いをしているのか分かりませんが、遊びと考えられれば問題はないと思います。しかし生死にかかわる人がいたとしたら許されるものではありません。

オーブは光球、宝玉などと言われるようにまぁるい玉で、生命の起源などで見る細胞分裂の瞬間のようにも見えます。彼らの動きやその存在を写真で理解することはできません。心霊現象に精通している専門家は、ほとんど自分の勝手な解釈でネットに書いているように思えます。なお、本書では、オーブを「彼ら」と呼ぶことにしました。目には見えませんが、彼らは明らかに意思を持って動いている生命体と思えるからです。

オーブに関心があり信じやすい人は、参考にはしても傾注しすぎないようにしたほうがよいかと思います。

見えないのにカメラに写るオーブの世界

昔は火の玉がお墓に出るなどの噂がありましたが、私は見たことはありません。今ではそういう現象はプラズマという電気のようなものが原因ということが分かってきました。怖いと言われながらも、目に見える現象は時とともに分かってきているのが多いようです。それに比べ、目に見えないものの存在は解明しにくく、いつも不安定でどこに発生するのかも定かではありません。そのため、夜など人が寄り付かない墓場のような暗く淋しい所に靈が存在すると思っている人が多いのではないでしょうか。

しかし私が撮った写真を見る限り、彼らはあらゆる所に存在しています。オーブなどは肉眼で見えないことを良いことに、誰かが心霊現象と言って怖い超常現象にしているのではないでしょうか。確か「心霊」という言葉は、精神や心などの神聖な意味で使われていたと思うのですが、いつの間にか誰かが自分に都合の良いように怖いものに変えてしまったのではないでしょうか。理屈をつけてもっともらしいことを言い、自分の存在を強調するため変えてしまったような気がします。怖いことを手玉に取って説明されれば、人はそれに従うようになってしまう。人間に怖いという気持ちがある限り、そこから逃れることはできないのかもしれません。オーブは昼でも夜でも写ります。デジカメのフラッシュによって写ることを考えると、暗い所のほうがカメラに映る確率が高いのは確かです。

この現象を見ると、大小の丸い光球が多い時または少ない時、まるで未知の生命体のように感じます。同じ所を二度撮っても同じものは写りません。もう彼ら

Rパーキングで撮影した写真には三連の光球が写る

はそこにいないのです。彼らは常に動いていることは分かったのですが、それがどういうことなのか分かりません。カメラのフラッシュの届く範囲を考えると五メートルから十メートルぐらいです。しかし大小の光球によって、その遠近感は何とも言えない立体感があります。

撮り始めの頃、高速道路のRパーキングエリアで撮った写真は私の想像を遥かに超えていました。薄暮に三連の光球が輝いているさまは、怖いというより不思議の世界を見ているようでした。次にシャッターを切った時には同じ世界は写りません。彼らは生きて動いているのか、それとも塵埃のように風に流されて動いているのか、まだその時点では分かりませんでした。しかし彼らは、我々と同じように、暗い所よりも明るい所のほうが好きなのではないかと考えるようになりました。おそらく暗い森より人のいる、明るい町が好きなのです。周りの明かりや景色によって彼らの表現色は変わって見えます。そしてその美しさは想像を超えた予期しないモデルの動きにも似ています。撮ればとるほど私の心はその世界に引き込まれました。

場所によってオーブの形が違うのはなぜ

オーブを深耕するうち二十年前の出来事を思い出しました。

それはS県に住んでいた妻のお義母さんが亡くなった時のことです。菩提寺で法要を行った後、家族の思い出を残そうと、明るい堂内の写真を何枚か撮らせていただきました。

お寺でデジカメの液晶モニターをチェックした時は気がつきませんでしたが、やはりゴミのようなものが写っていました。そのためテレビにコードを繋ぎ拡大して見ることにしました。すると今まで見たことのない梵字が現れました。なんで梵字が浮遊しているのか、お寺の功徳と関係があるのか不思議な現象でした。その頃、それがオーブとは思いませんでした。今思えばそれがカメラで撮った、最初のオーブだったと思います。家族で見ていたのですが、誰も何も言わず画面に見入っていました。これはお寺だから写ったのか、たまたま写ったのか、カメラをダメにしたことで今はもう確認できませんが、後悔の残る画像でした。そのカメラは最初に買ったデジカメで良く写っていたのですが、紐をフックにひっかけておいたのが悪かったのか、シャッターを押しても反応がなくなり、画面が赤くなってカメラごと使えなくなってしまいました。

カメラがダメになったのと堂内を撮ったことと関係があるかは分かりません。もう一度同じ写真が撮れる機会があれば、撮りたいと思っています。

動画のオーブとカメラのオーブの違い

オーブをいろんな角度から撮ってみました。撮るのに夢中で、アッという間に一年が経った頃、動画も撮れるカメラを見つけ購入しました。このカメラは可動式で、セキュリティ用として使えるので、家の外柱に取り付けました。このカメラによってさらに、思いがけないことが分かってきました。

私が会社から帰ってきて車から降りると、どこからともなく多くの光球が現れ、私を取り囲むように飛び交っているのです。時には顔が隠れるくらいの多さです。最初は何が起きているのか、何が何だか分かりませんでしたが、これがカメラに写るオーブなのかと思いました。もちろん少ない時もありますが、飛んでいる彼らが映る時、よく映像に電波障害のような乱れが発生します。なぜ起こるのか、物理的に考えることが必要なのかもしれません。

また、私が家の中に入ってゆくとオーブは映像から消えてゆきます。動画は日中の景色がカラーで映るのですが、彼らが映るのは、夕方暗くなりはじめた頃からで、白黒映像となって映ります。ですから映っているのは、ほとんど夕方から明け方にかけてです。

動画撮影を色々な場所で試して、分かったことがあります。多くのオーブの動きは速く、縦横無尽に飛んでいます。しかし動画と違い、デジカメに写るのは飛んでいる数からするとほんのわずかです。なぜすべてが写らないのか、あまりカメラに詳しくありませんが、彼らの速さに対し、シャッター速度がついていっていないためなのかもしれません。

また、写っている彼らはなぜ丸いのか、これに関して自分なりに考えてみました。動画の中で、私のほうへ飛んでくる光球があります。つまり彼らが私のほうへ正面を向いて飛んできた時に丸く写るのではないかと考えました。そうすると自分なりには納得がゆくのですが、定かではありません。彼らがデジカメにたくさん写ることがあります。湿気を帯びた時とか、小雨の時に、彼らの動きは遅くなり、地面に近い所で停滞しています。明るいきれいな場所で彼らが撮れれば目には見えない存在だけに興奮します。

最近初めて写真展に応募して分かりましたが、他の出展者の何点かに、神秘的できれいなオーブの写真がありました。私と同じように、オーブを撮っている人がいるんだということで安心しました。

デジカメ写真にたくさん写ったオーブたち

【動画】デジカメで撮影したオーブ（玉響）

（スマートフォンでQRコードを読み取ると、外部サイトの動画に接続します。SNS上のトラブルで動画を視聴できない場合はご容赦ください）

温泉宿の座敷童（オーブ）たち

帰宅時に撮影したオーブ

運命に導かれて―御巣鷹への想いと共に―

アトピーに苦しめられていた娘

二〇二〇年八月、私と妻、そして長女の三人でY県に車で旅行に行きました。年初にコロナが日本に上陸しましたが、その時はまだそんなに厳しい状況ではありませんでした。旅館の予約はすぐ取れました。その旅館は、アトピー性皮膚炎を治すために妻と娘が二人で行った保養の場所でした。いつの頃からか娘がアトピーということが分かりましたが、就職してからは一緒に暮らしていなかったので、それほど気にしていませんでした。娘が「勤めを辞めて治療に専念したい」と言い出して初めて治療が大変なことを知りました。

しかし賛成はしたものの、仕事を辞めて娘は将来自分で食べていけるのだろうかなどの心配が頭をもたげてきました。治療は治療として通いながら、何かしらの仕事をしなければ復帰するのが大変じゃないかと思ったのです。そんな考えもあって、旅行の話が出る前に、三人で食事をしながら娘の今後についての話を切り出しました。すると妻がはっきりと、

「必ずアトピーを私が治してやるから」

と言いました。私は妻の母としての思いを聞いて、それ以上の言葉が出ませんでした。私は仕事をしていたので妻に任せきりで悪いとは思いましたが、二人と一緒に行動することは、ほとんどありませんでした。

妻と娘が出かけていく時は、親子というより姉妹が出かけてゆく感じでした。娘のために、病院やお医者さんを見つけたり、二人で話し合いながら楽しそうでもありました。

私の心の中では妻に感謝をしていました。私はアトピーという娘の苦しみが、どこまで分かっていたのだろうか。男親は子供が大きくなると話すことやスキン

シップがありありません。おそらく困った時は相談に来るだろうと受け身に構えているからでしょうか。カッコよく言えば、自主性を重んじていると言えますが、本当のところよく分かりません。

ただこの旅行が、長女との最初で最後の旅行になるとは思ってもいませんでした。

部屋を縦横無尽に飛び交うオーブたち

旅館はそんなに大きくはありませんでした。部屋は二部屋に分かれることになりました。妻と娘で一部屋、私は一人部屋ということになりました。食事を済ませ風呂に入り各部屋で寝る段になりましたが、八月の中頃でしたので少し寝苦しさもあり、寝たり起きたりの繰り返しでした。ただ部屋が分かれていたので、心置きなく動画をセットできました。写真も撮ってみましたが、外は漆黒の闇なのにオーブがそんなに写りません。部屋は何か違和感がありましたが、いつの間にか眠ってしまいました。

朝は川のそばでしたので少し涼しかったように覚えています。朝食を済ませ、旅館を十時前に出て、河原のそばに車を止め水遊びをしました。きれいな水だったので少し口に含んでみました。おいしい、さっぱりとした冷たい水です。昼は娘がはまっている一人キャンプのカレーを頂きました。食後は何カ所か見学して、無事に家路につくことができました。

家に帰り、動画を再生して驚きました。無数のオーブの歓迎を受けていたのです。

オーブは狭い部屋の壁や天井を通り抜け、速いものゆっくりなもの、色々な角度から出現して、まるで竜宮城の浦島太郎のような雰囲気です。

実際これは何なのか、霊魂といってよいものなのか、それ以外何と言ったらよいのか。

妻にも見せましたが、妻はもともと霊的なものを信じているほうですので、関心はあるのに、大きな驚きは見せませんでした。娘にも見せましたが、特にコメントはありませんでした。

彼らの映っている動画を見て思うことは、今日までの自分の人生に彼らはどう関わってきたのか。どうしてこんなにも多くのオーブが自分のまわりに存在するのか。そんなことを考えた時、もしかしたら自分は彼らに多くのことで助けられているのではないかと思いつきました。

大病もなく何とか仕事をこなし、七十歳まで生きてきたことを思えば、自分の力だけではない、何かが助けてくれているような気がしたのです。

過去にオーブに助けられていたのでは

私が中学二年生頃のことだったでしょうか、亡くなった父親が愛用していた自転車を乗りまわして町まで行った、夕暮れの帰り道でのことです。家の近くまでコンクリート舗装がされていましたが、まだ途中まででした。

そのため、コンクリート道と砂利道との段差があり危険でした。対向車が来たので左に寄り、進行しました。その時、運悪く大きい石にタイヤが乗り上げてしまいました。その石が左に弾け、自転車のタイヤが滑って、対向車のほうに倒れたのです。私はどうすることもできず、目をつむりました。

それは一瞬の出来事でした。私が目を開けた時、頭は車のほうを向いていましたが、うつ伏せに倒れていました。倒れている所は、車から五メートル以上離れた田んぼで、その間には、飛び越えなければいけない側溝がありました。私は車を飛び越え、右の反対側に大きく飛んでいたのです。そこは田んぼで、稲は刈られていましたのでおそらく秋から冬にかけてのことだったと思います。運転手は私が田んぼで助かっていることを知らなかったようで、ドアの開音と同時に「轢いてしまった」と自分自身に言い聞かせるような叫び声で、車の前方へまわりました。おそらく彼はその瞬間を見ていなかったのでしょう。私は起き上がり自分が何ともないことを確認して運転手の所へ駆け寄ると、彼は驚いて「大丈夫か」と言いました。あれこれ聞かれましたが、何ともないことを確認した後で、私の家まで送ってくれました。自転車は壊れていませんでしたが、母親に怒られるのではないかということだけが気になっていました。

この記憶の中で、事故現場の周りに人がいたかどうかは思い出せません。母が家の前にいて、私たちに気がつきました。運転手が母へ事の顚末を話してくれました。すると、母とその人の会話の中で、知り合いであることが分かりました。それも、父が生前勤めていた会社の人だったのです。彼は恐縮しながら母に話していましたので、私も母に細かいことは話しませんでした。今思えば、どうして助かったのか考えが及びません。おそらく記憶の中で、生命の危険を回避した最初の出来事だったのではないかと思っています。勝手な解釈で申し訳ありませんが、もしかしたらそれがオーブに助けられた最初の出来事だったのではないかと思っています。

それ以外にも、オーブに関係しているのかどうか分かりませんが、過去にあった車の事故と怖かった富士山の体験が思い出されます。

忘れられない車事故

近年になって追突や単独事故などもありましたが、大事にならず接骨院で湿布を頂いて治しました。追突といっても一回目は朝通勤の渋滞時の事故で、追突された私よりも私に玉突きされた方のほうが重傷だったようです。二回目は会社の残業帰り、小雨の降る夜のことでした。信号で止まった直後、車が少し揺れました。そして身体が車のシートから滑るように落ちました。突然のことで何があったのかまったく分かりませんでした。慌ててドアを開けて外に出ると、後ろのバンパーを壊し、軽自動車が刺さっていました。ぶつけた軽自動車の中から、恐る恐る一人の若者が出てきました。自分が起こした事故なのに言葉も出ません。埒が明かないので私が警察へ電話しました。

周りをよく見てみると、ぶつかった車にブレーキ跡がありません。私の車はマニュアル車なので、止まってすぐサイドブレーキを引きます。サイドブレーキが引かれていなければ、大惨事になっていたかもしれません。オートマ車に乗っていたなら、信号待ちをしていた前の二台を巻き込んでいたかもしれないのです。追突した運転手は仕事の帰りの居眠りだったようです。警察官が立ち会い、現状と車の状態を見て言った言葉が「物損事故で処理しますか」でした。私はその言葉に驚きました。このお巡りさんは一体どこを見ているのだろうか、たとえ私が何ともないように見えても病院へ行くように勧めるのが警察官じゃないかと思いました。おそらく彼は物損で早く処理したかったのだと思います。雨の中で少しもめた思い出です。

単独事故は雪の降る朝の出勤時でした。車で途中まで行くと小降りになってきたので峠越えの近道で行くことにしました。峠の上のほうはシャーベット状でしたが、スピードを出しても問題ありませんでした。そのため調子にのってさらにスピードを上げました。その時、一台の対向車が頂上から下りてきました。避けようと少しハンドルを切りました。すると、今まで順調に走っていた車がいうことをききません。タイヤが滑り、車が回転しはじめ、あれよあれよという間にコンクリート壁にぶつかりエアバックが出てしまいました。ホッとして身体をひねってみましたが、どこも痛みはありません。会社に連絡をしてレッカーで整備工場へ運んでいただいた後、その車は廃車となりました。

私が言うのもなんですが、いついかなる時も死の危険が我々の身近にあり、その一瞬が生死の別れ目になっていると感じました。

富士山一合目から五合目までの恐怖

二十代の頃関東近辺の山を登っており、脚力に自信がありました。毎年スバルライン五合目より富士山を登頂していましたが、二十七歳の六回目の登山の時、たまには一合目から登ってみようと考え、それを実行することにしました。もちろん随行者はなく一人です。午後六時に富士吉田浅間神社から登りました。登る前に神社に人がいたので、この人たちも一合目から登るんだと勝手に思っていました。しかし、しばらく登って周りを見ると誰もいません。日が暮れてきて、今さら帰ることもできません。辺りが暗くなってきたので、懐中電灯を点け上も下も照らしてみましたが、やはり誰もいません。しかし山小屋はあるだろうと思い登りました。最初の建物らしきものが見えてきました。そばまで行き懐中電灯を照らすと、家が潰れて無残な姿になっていました。誰もいない小屋は廃墟で真っ暗、明かりが吸い込まれ、反射する白いものもありません。背筋がゾーッとするほどの衝撃でした。休憩もしたかったので、やむなく道の真ん中に座り一息つきました。長く滞在するのも恐怖の中にいるようで、早目に腰を上げて登りました。話す相手もなく黙々と歩く以外に方法はありません。野生の動物に遭遇しないように音を出すことを考えましたが、逆に音を出すことが野生の動物に自分の居場所を教えることになるのではないかと思い、音を出すのはやめました。他の山小屋もすべて潰れていました。

後で分かったことですが、五合目より下の小屋は、スバルラインができたことによって生業が成り立たず廃業したようです。おそらく山小屋は長い間の風雪にさらされ潰れたのでしょう。私も六回、五合目から頂上まで登っているという自負があったので一合目から挑戦しようと計画したのですが、それが災いとなりました。最も怖かったのは、懐中電灯の替えがなく、明かりが消えかかってきたことです。頭上を見ると、左右の大木が重なるように空を塞いでいます。急に風が吹き、辺りを騒がすようになると、心霊現象などを取り上げた怖いテレビ番組などが思い出されました。暗い闇の中で休む時は道の真ん中に座り、懐中電灯の灯りも点けず、息を殺して疲れを取るようにしました。頭の中では怖いと思うことで想像が膨らみ、ちょっとした音でも気になって後ろを振り向き懐中電灯を向けるのですが、暗闇でほとんど何も見えず、足元の急な坂が見えるだけでした。

富士山の青木ヶ原樹海に間違って迷い込んだらそこから抜け出すことができないらしいといった怖い話を思い出しました。そして樹海には亡くなった人たちの屍がたくさんあるなど、怖さも手伝っていやな話が色々浮かんできます。霊が山を彷徨っているなどの信じたくないことばかりが思い出されました。

私は冷静になって考えました。そしてあることに気がつきました。まだ霊に遇ってもいないのになぜ怖がるのだろうか、ということです。その時思ったのは、霊魂などの見えない恐怖があったとしても、見えない人には見えないのだから、怖がる必要があるのだろうかということでした。そう思うとなぜか気持ちが楽になりました。

見えるが故の怖さ

以前テレビのオカルト番組によく出ていた、霊能者の宜保愛子という方がいました。宜保氏は相手の過去、現在、未来までも、すべてが見えているかのように話されました。実に具体的で、どうしてそこまで分かるのだろうと不思議でした。本当なのだろうかと思ったりもしましたが、どちらかというと信じて見ていました。

彼女がテレビに出なくなるちょっと前に「あそこには行きたくない」と言った場所があったそうです。私たちには見えないものが彼女には見えるが故の怖さだったのでしょう。そのように考えると、見えない私たちがなぜ怖がるのかという疑問が生まれます。

例えば目をつむって何かを探そうとすると、手足の位置が気になって他のことを考える余裕がありません。しかし目を開けて見える対象が怖いものなら、思考力は「怖い」という方向に働きます。

山を登りながら怖さを回避するための弁解を色々考えました。何も出ないし居ないのになぜ怖がるのか。おそらく怖いと思うことで自分を守ろうとする本能のスイッチが入るからなのかもしれません。暗いから怖いのではなく、暗闇の中に何かがいると思うから怖いのであって、何も見えなければまったく怖がる必要はないのだ。私は自分にそう言い聞かせました。本当に怖いのは、知恵ある人間と食料を求めて彷徨う野生の動物、そして周りに振り回され決断ができない優柔不断な自分なのかもしれないと。

山を登ってゆくと、木々が低くなり視界が開けるようになってきました。月の明かりのせいか夜空が見えてきて、登るのに少し元気が出ました。しかし頭の中は、五合目で帰ろうという気持ちでいっぱいになっていました。佐藤小屋にやっと辿り着き一息つくことができました。少し休んでから、スバルライン五合目を目指しました。すると多くの登山者が元気に懐中電灯を照らして登ってゆく姿に会いました。人の流れを見ていると、いつの間にか一人ぼっちで、暗い闇の中を歩いてきたことを忘れ、なぜか新たに頂上へ登ろうという気持ちになりました。時計を見るとまだ午前零時になったばかりです。体力がまだあったので、もうひと踏ん張りしようという気持ちになりました。万華鏡のような夜空を眺めながら、頂上を目指しました。その甲斐あって、何とかご来光を拝むことができました。この登山の経験は後《のち》に山小屋作りの時に役立ちました。山小屋作りは会社勤めをしながらの作業で、土日・祝祭日の休日しかできません。家族がいつも一緒ではなかったので、一人で寝泊まりして山小屋を作っていました。その時、富士山を一合目から登ったという経験が活きました。あの時の怖さを思えば、あれ以上の怖いものはないと自分に言い聞かせることができたのです。

忘れられない乗員乗客五二〇人の死

二〇二〇年秋頃になると、新型コロナウイルスの話も身近に感じられるようになってきました。もしコロナウイルスで自分が死ぬような目に遭った時、後悔はないだろうかと考えました。するとなぜか今まで忘れかけていて、それでいて気になっていた事故を思い出しました。群馬県の御巣鷹尾根に墜落した日航機の墜落事故です。五二〇人もの乗員乗客が亡くなりました。それは世界でも類を見ない、最大の悲劇の事故でした。

私は群馬県に隣接した県に住んでいますが、三人の子供の子育てが忙しく、御巣鷹へ行く機会がありませんでした。

一九八五年四月に長女が生まれました。第一子だったので、子供の遊び場を作ってやろうと、七月頃から小屋を作り始めました。厳しい暑さながらも楽しんで作っていました。

一九八五年八月十二日の夕方、木材を削っていると、ラジオから緊急ニュースが入ってきました。

その内容を聞いて嘘だろうと言葉が出てしまいました。飛行機が近隣の群馬県に墜落したとのこと。そして後で知ったことですが、乗員乗客五二四人が乗っていたとの報道に再度驚かされました。

その後、取材や自衛隊のヘリが我が家の上をひっきりなしに飛び交い、戦場は知りませんが、戦場さながらとはこういうことかと思い知らされました。

なぜか子育てに追われて御巣鷹山を訪れることがありませんでした。しかしコロナウイルスによって、忘れかけていた事故を思い出しました。事故が発生した直後から、テレビやラジオからは、昼夜を問わず悲劇の報道が流れていました。

多くの犠牲になった人たちは、自分がなぜこんな目に遭うのかと思ったに違いありません。今生の別れを目前にして、彼らは何をすれば自分の証を残せるのか悩んだことでしょう。知っている方々の顔が走馬灯のように蘇り、刻んでゆく時の中で家族を思い、最後の念仏を唱えたことでしょう。事故に遭った乗員乗客は五二四人、死者五二〇人、生存者四人はまさに奇跡です。事故原因は内部隔壁の異常破損で、一万メートルで酸素がなくなりパイロットが操縦できなくなって墜落したとのことでした。しかしいまだに事故に疑問を持つ人は多いようです。

慰霊碑が立っている御巣鷹は今どんな状態なのか気になりました。そして、慰霊登山にどうしても行きたいと思うようになりました。ネットで情報を探しました。すると、二〇一九年の台風被害で通行止めになっていて、まったく開通の見通しが立たないとのことでした。

被害乗客の多くは関西の方で、遺族の方々も高齢になってしまい、群馬まで来ることも、また、来ることができても山に登るのは困難な人が多く、行きたい気持ちに身体がついていけないもどかしさがあるようです。慰霊登山者が減ってゆくことは、日航機墜落事故がいずれみんなの記憶の中から少しずつ忘れ去られていくということでしょう。

コロナウイルスのパンデミックで人の行動・移動が制限されたため、現状の御巣鷹を知らない遺族も多いだろうと思い、写真・動画を撮って遺族の方々に知らせたいと思いました。もちろん私にできるやり方ではありますが……。今思えば、私の人生において本当に忘れてはいけない最大の事故だったはずです。それなのに、なぜもっと早く慰霊に行こうとしなかったのだろうと自問自答し、後悔しました。

二〇二一年三月に上野村役場のそばにある慰霊の園へ行ってきました。そこは亡くなった五二〇人の乗員乗客の靈を慰めようと地元の人や日本航空で設立した慰霊施設だそうです。管理事務所には事故についてのビデオなどがありました。慰霊塔の納骨堂にはまだ身元不明の遺骨が納められているようです。私も覚えての般若心経を唱えてきました。般若心経は慰霊登山を思い立った時から唱え始め、諳んじられるまでには少し時間がかかりました。

御巣鷹の尾根へ慰霊登山

二〇二一年五月の連休に、通行止めが解除されてやっと慰霊登山ができるようになったとのネット情報がありました。

私は妻に御巣鷹へ慰霊登山に行きたいので連休のスケジュールはどうかと尋ねました。すると前々から妻も行きたいと思っていたらしく、二人で一緒に行くことになりました。五月の連休には子供たちが孫を連れてやってきます。彼らの都合を聞き、満足して帰った後に行くことにしました。それが五月四日でした。

孫たちは四月末頃から来ていて、五月二日には帰りました。

五月三日は妻と山小屋へ泊まり連休気分を少し味わい、翌日は日航機が墜落した時間、午後六時五十六分に間に合うように行くことにしました。昼の食事を取ってから山小屋を午後三時頃に出ました。途中で熊よけなどを購入したり、トイレに寄ったりで、御巣鷹の駐車場に着いたのが午後六時三十分でした。

駐車場までトンネルを抜けていく時にすれ違う車はほとんどなく、道端に鹿や鳥そしてウサギがいました。道路は何とか通れましたがやはり危険な状態で、何台も通るには相当時間がかかりそうでした。駐車場に着くなり急いで荷物を背負い出発しました。慰霊碑まで早くて三十分、ゆっくりで一時間と聞いていました。墜落した時間に間に合わせたいと思い、妻を急き立てて登りました。空は薄暗か

山小屋にて　無数のオーブたち

ったのですがまだ懐中電灯を点けるほどではありません。日時が入る設定にしていたカメラで写真を撮りながら登ったので後で時間の確認ができました。この時撮影した写真を見ると、被写体にオーブのようなものはそんなに写っていませんでした。

途中から鉄梯子が延々と組んであり、熊よけのため、その梯子を途中で借りてきた杖で叩いて登りました。急斜面では妻を励ましながら一気に頂上を目指しました。

あの富士登山の体験があったからの行動でした。

別れを惜しむオーブたち

頂上へは、妻が頑張ってくれたおかげで午後七時前に着くことができました。昇魂之碑（御巣鷹山慰霊碑）の周りは灯りひとつなくシーンと静まり返っていました。

リュックを椅子に置き、昇魂之碑に手を合わせ覚えたての般若心経を小さな声で唱えました。そして妻がお祈りを始めたので、動画を撮りました。

動画はすぐには確認できませんでしたが、写真を見るだけで安らぎを覚え、清々しい感じさえしました。

三十分ほどいたでしょうか。月も星もなく真っ暗で、二人の会話だけが頼りになっていました。帰りは妻を先頭にして懐中電灯を点け、やはり杖で階段の手すりを叩きながら少し足早に下ってゆきました。妻は日頃散歩で足腰を鍛えているので下へ着くのが速かったです。駐車場に着いた時は真っ暗で、そばにあった仮設トイレにさえ気がつかないほどでした。そんなわけで身仕度を整え、急ぎ車に

トンネル出口で撮影したオーブたち

乗り、一呼吸してから車を走らせました。帰りの道は来た時よりも暗く、野生の動物に遭遇しないように念じながら運転しました。それでもすれ違った車はどこへ行くのか二台ありました。

　最初のトンネルを抜けた時、なぜかトンネルの様子を撮りたくなり、車を止めてトンネルの出口を撮ってみました。するとそこには多くのオーブが写っていました。すべてのトンネルをそのように撮ると、御巣鷹の尾根から離れてゆくにしたがって、別れを惜しむかのように彼らの数は減ってゆきました。

オーブが霊魂となった日

午後十時頃、無事家に着きました。食事を取った後にパソコンで動画を再生してみました。写真にはオーブがあまり写っていなかったので期待はしていませんでしたが、妻が昇魂之碑に向かってお祈りを始めると、それに応えるかのように碑のまわりから数えきれないほどの光球が湧き上がりました。飛び交う彼らを見た時、これは志半ばで亡くなられた方々の魂なんだなと思いました。

世界の航空史上でも類を見ない悲劇的な事故の現場御巣鷹。一つひとつの光球が本当に生きて何かを叫んでいるようです。ゴミでも塵でもない、悲劇に見舞われた彼らの魂は何を訴えているのでしょうか。この映像に映る彼らこそが、オーブや玉響現象といわれる魂の証明なのだと思いました。肉体が滅んでも魂は生きている。魂に関しては仏教の教えの中の話として昔から聞いていたような気がします。ただ、それは死に対して恐怖を軽減させるための方便だと思っていました。

しかし彼らを見て、「死んでも魂は生きている」という現実を思い知らされると、老若男女五二〇人の死者を、他人事のように無念という言葉で終わらせることはできません。私は画面に引き込まれ、涙が出て止まりませんでした。光球の彼らは、人生が無になったことを恨むとともに、また起こるかもしれない悲劇を食い止めるべく、我々に注意喚起をしているようにも見えます。いずれ行く死後の世界ですから、私も納得のできる生き方をして、彼らと会いたいものです。妻にも見てもらいました。妻は写真や動画を日頃見ていますが、今まで見たものとの違いに心を打たれたようです。しかし霊的なものを信じている彼女には私ほどの驚愕はありません。

御巣鷹を思い返すと、最初にオーブの写真を撮ったRパーキングの明るさとはあまりにも対照的で、暗く淋しい、電灯ひとつない場所でした。昼は明るいでしょうが、月の出ない闇夜を思うと、ソーラー使用のガーデンライトのほのかな灯りが必要な気がしました。我々が明るい所を好むように、彼らもきっと語り合えるような明るい所が好きなはずです。御巣鷹もRパーキングのようなアメイジングな夜であってほしいのです。

遺族へのアプローチ

この動画を誰に見ていただくべきかと考えました。

やはり最初は遺族の方に写真・動画を見ていただくのが良いだろうと思い、遺族会の会報「おすたか」にメールを送りました。しかし返事はありませんでした。メールの届く数が多く、知らないメールは特に返信されずに処理されてしまうのかもしれません。電話番号も探したのですが、見当たりませんでした。

やむなく熱心に報道していた新聞社に写真を見ていただき、遺族とのコンタクトを取っていただけたらとの思いでメールを送りました。しかし社内で検討しますという回答で、その後返事は来ません。どうもオカルトマニアと捉えられてしまったようです。

以前、オカルト関係のテレビ放送が連日のようにありました。しかしある事件をきっかけに自粛されました。それはオウム真理教の地下鉄サリン事件です。あの悲惨な事件は日本中を震撼させただけでなく、世界にも恐怖を与えました。そのため「オカルトは怖いもの」というイメージがついてしまいました。見えないものへの恐怖がさらに増幅し、心霊現象という言葉すら怖い対象になってしまいました。それを機にオカルトなどのテレビ放送が自粛されるようになってしまい、前述の宜保愛子氏もその後テレビの出演がなくなっていったようです。

そういう下地があるので報道関係に固執してもしょうがないと思い、弁護士に相談することにしました。以前相談したことのある弁護士でしたが、用件を聞かれ、「心霊」と言っただけで断られました。思っていた以上に壁が厚く、遺族の方へどのようにすれば届くのかまったく先が見えません。

ある写真展の公募の募集内容を見て、あることに気がつきました。それは、写真の対象者の許可を得ていなければ出展はできないという文言でした。そこで今回の写真・動画を出すつもりはありませんでしたが、何かしらの接点を作るためには、このやり方しかないなと思い、写真・動画の許可を得るため、村役場に電話をしました。すると快く担当者の方が会ってくださることになりました。もしかしたらこれで遺族の方との接点が持てるのではないかと期待しました。

二〇二一年七月中旬、午後三時頃、村役場に伺いました。担当者が留守ということで代理の男性職員が応対してくれました。二階の会議室の一角で打ち合わせをすることになりました。私はリュックから準備してきたノートパソコンを取り出し、画面を彼に向けながら説明をしました。私も少し緊張していたのか、マウスを持つ手がうまく動きません。最初に写真を見ていただきました。見ながら彼は納得した後で「問題ないですね」と言いました。私も、写真に何が写っていても取り締まるものはないと思っていましたので、次に動画を見ていただきました。動画の放射状に飛び交うオーブを見て、彼は判断に迷っていました。私はすかさず彼に経緯を説明し、検討してくれるように頼みました。そして別に用意してあったUSBメモリーを手渡しました。渡す時、コピーをしないようにとお願いをしました。

役場を後にして、どういう結果が出るかはある程度予想がつきましたが、何かをしなければいけないという気持ちでしたので遺族との接点ができることに期待しました。

写真・動画は、テレビやネットに上げるつもりはありませんでした。ですから、どうにか手渡しして遺族の方に決めてほしかったのです。しかし役場の担当者からは電話がありません。年が明け、二〇二二年一月に私のほうから電話をして、その後の経過を伺いました。すると「他の方にも見ていただきましたが問題ない」という返事でした。

私が描いていた結果ではありませんでした。本当に見ていただいたのか疑問は残りましたが、変に説明するのも誤解を生みそうなので、USBメモリーを役場に引き取りに行きました。受付の人に預けてあったようで、すぐ返していただきました。なぜか役場内は静かで、引き取ったUSBメモリーは何度か出し入れしたらしく、USBに油性ペンでコピーと書いた赤い文字が消えかかっておりました。何人の人が見たのかは分かりません。もっと具体的に真意を話し、聞きたいこともあったのですが残念でした。ネットで騒がれている心霊現象の問題があったのかもしれません。怖がらせたり、人を寄せ付けないようにしたりする行為は死者を冒涜したやり方で、許されることではありません。

目に見えない現象をとらえて、変な音がしたとか臭いがするなどと言って炎上させ懐を肥やすようなやり方は許せるものではありません。役場の置かれた厳しさを考えると、私のような人間の出現は、異様に映るのかもしれません。今後役場がどのように亡くなった五二〇人の慰霊をしてゆくのか分かりませんが、ネットの誹謗中傷に惑わされることなく、毅然とした態度で臨んでいただきたいものです。

私の住んでいる町の広報紙にオーブ・玉響などについての講習会広告を載せようと思いましたが、許可が下りませんでした。ほかにも著名な方の力を借りようと思い手紙を出しましたが返事が来ません。忙しいからでしょうか。何が起こるか分からないことへの顛末を考えているからでしょうか。目に見えないものへの心理的、壁の厚さを感じます。知っている遺族がそばにいて話を聞くことができればこの動画が何らかの役に立つと思うのですが、まだ時間がかかりそうです。ただ、肉体が滅んでも生きている彼らの魂は、（私の個人的感想ですが）私を満足させるためのものではなく、乗り物による事故は、今後も起きることへの警鐘で、風化させてはいけないと言っているような気がするのです。

車が空を飛ぶ時代になってくると、さらにそのリスクは高まってゆくでしょう。

御巣鷹を世界の巡礼の地として

御巣鷹尾根の墜落事故を後世に伝えるには、村の協力が必要だと思います。また、墜落当時、上野村の黒沢丈夫村長の活躍は、毎日のようにテレビで流れていました。村長は戦時中戦闘機乗りとして活躍し、航空戦隊の作戦参謀にまでなった方で、村長を十期務め上げられました。

そして黒沢村長には日航機にまつわるエピソードがあったのです。日本航空は機内誌『Winds』を発刊しておりました。そこに、ユニークな人物として一九八五年九月号に黒沢村長が載ることになったのです。そして、墜落した事故機に、その九月号が積んであったのです。一体なんと説明したらよいのでしょうか。不思議な巡り合わせとしか言いようがありません。村長はそれを知って驚愕したに違いありません。また、そのことを知って村民の方たちも何かの因縁と思ったに違いありません。そんなわけで、この事故を最も理解している村なのです。

維持管理を村だけに押し付けるのは非情かもしれません。補修管理にはお金がかかります。コロナウイルスで低迷していた航空会社も、やっと息を吹き返し、海外からの観光客も増えてきました。

そこで日本航空の力を借り、この地を海外の人たちに見ていただくようにしたらどうでしょうか。もちろん観光ではありません。神聖な巡礼の地として、亡くなった彼らの魂に寄り添い、いかに人間が不完全な乗り物に乗って生活しているのか、自戒していただきたいのです。

観光に来た方には、きれいな風景だけでなく日本の秘めた部分を知りたいと思っている方も多いと聞きます。亡くなった方たちの聖地でもある、この街道を巡礼していただけたら、亡くなった彼らに対しての新しい一歩となるのではないでしょうか。

奇しくも、亡くなった安倍元総理が提唱した「観光立国」は、このためのアイデアだったのではないでしょうか。それは考えすぎでしょうか。

これからは、車が空を飛ぶ時代に突入します。そして私たちの生活リスクも高まってゆきます。空から車が落ちてくるのは恐ろしいことですが、落ちてこない保証はありません。そのためにも乗り物に乗る人、運転する人、それを造る人、そして操作にかかわる人の意識が重要になってきます。

また日本では日航機の墜落事故で五二〇人もの乗客乗員が亡くなっていることを知らない世代が増えています。よく逆輸入によって関心を持つということがあります。そのためにも、海外の方に御巣鷹に目を向けていただき、お参りをしていただければ亡くなった彼らも浮かばれるのではないでしょうか。それによって村も潤うことができればよいのですが、いかがなものでしょう。

動画から話が少しそれましたが、動画が遺族を介して役に立つようであれば、使っていただきたいものです。

動画で気になっていることがひとつあります。それは動画の最後のほうで、一条に飛んでくる光球があることです。それを見た時、なぜか、黒沢村長のことが思い出されたのです。お会いしたことはありませんでしたが、心を押された気がしました。

【動画】昇魂の碑前で撮影した無数のオーブ
（スマートフォンでＱＲコードを読み取ると、外部サイトの動画に接続します。ＳＮＳ上のトラブルで動画を視聴できない場合はご容赦ください――筆者）

亡くなった娘へ

二〇二一年十二月初旬に娘が亡くなりました。三十六歳でした。

私の姉が、夫、幼子二人を残して三十二歳で亡くなった時、二度と身内を早死にさせてはいけないと心に誓ったのですが、自分の娘を早く亡くすとは思いもよりませんでした。心の中に後悔という荒波と自分を肯定しようとするさざ波が絶え間なくやってきます。人生の虚しさを実感しているこの頃です。

娘はアトピーを治すために仕事を辞めた後は図書館で紙芝居の絵などを制作するボランティアをしていました。アトピーにとらわれて、その他の健康状態まで注意が行き届きませんでした。娘はもともと腎機能が悪く、酷寒の日々が続いて体力を消耗したようです。心不全でした。

アトピーに苦しめられながらも、子供の頃から絵や漫画が好きでアニメ制作のアシスタントになりたいと言っていたのですが、将来それで食べてゆくのは大変だろうと別の道を考えるように諭しました。私の言うことを理解したのか、某薬品会社への就職を決めてきました。就職しても趣味として絵は描いていました。好きだったんですね。

アトピーを抱えて変則的な勤務の中でのアパート一人生活は大変だったろうと思います。実家にもちょくちょく帰ってきていたのですが、泣き言ひとつ言わないのでその苦しさを分かってやることができませんでした。私も仕事をしていますので話す機会があまりありませんでした。娘と妻は携帯やスマホで繋がっていました。四季折々の職場での辛さはあったでしょうが、転職もせず十年間、頑張り通しました。子供とはいえ頭の下がる思いです。何のために生まれてきたのか、短い一生を思うと涙が出ます。

娘が私の写真にオーブが写っていると言わなかったら、私も死後の世界にどこまで傾注したか分かりません。おそらく深く考えることもなかったでしょう。

また、霊魂として生きる彼らにも出会わなかったでしょう。娘が、事故で亡くなった方々の魂を、私に気づかせるために生まれてきたとは、思いたくはありません。しかし娘が私に残した映像は、彼らの存在の証明を、諦めないでと言っているように聞こえるのです。

読者の方々へお詫びとお願い

この本は、葬儀に来てくれた友人たちからもいずれ忘れられてゆくであろう娘を思い、また、日航機123便の墜落事故で亡くなった方々の生きた証が消えてゆくさまを思う時、少しでも永く人の心に残しておくべきものと考え、出版することとしました。動画を載せるか、写真だけにしようかと悩みましたが、動くものの印象は強く、心の奥にしまっておいていただけるのではないかと考え、掲載することとしました。もし気持ちの負担になるようなことがございましたらお許しください。

最後に、観光立国となった日本へ多くの外国の方々がお見えになります。実にうれしいことですが、乗り物への感謝なくしては、行き交うことは叶いません。日本の良さを享受していただきながら、過去に起こった日本国内最大の飛行機事故の悲劇を知っていただき、飛行機が便利で危険な乗り物であることを再確認して、安全に帰路についていただければ幸いです。
この本で皆さまの安全祈願をすることはできませんが、無事の帰りを願っております。

令和六年二月　筆者

著者プロフィール

十三夜（じゅうさんや）

1952年生まれ、秋田県出身。

都立高校（定時制）を卒業後、私立大学（二部）を卒業。

現在、会社勤務。

趣味は、DIY（山小屋ほか）、家庭菜園（無農薬）、自家製ヨーグルト作り、生け花（仏花）、写真撮影・動画制作、読経（般若心経）、CAD（図面制作）、夫婦二人旅。

Amazing Night 娘が教えてくれた520人の想い

2024年 6 月15日　初版第 1 刷発行

著　者　十三夜
発行者　瓜谷 綱延
発行所　株式会社文芸社
〒160-0022　東京都新宿区新宿1－10－1
電話　03-5369-3060（代表）
03-5369-2299（販売）

印刷所　図書印刷株式会社

ISBN978-4-286-25367-1